# Stefan Tür

## Een gesprek met de vriend van binnen

Stefan Tür, geboren in Berlin in 1947, leeft en schrijft op zee. In zijn professionele carrier is hij een grafisch artiest gevormt met elke vorm van creatiefiteit.

Hij ondekte dat schrijven zijn dromen waar kon maken, en volgde de ‚Chancenpool' series van novellen.
Volgend zijn pad met deze eerste versie uit de kolektie.

# Stefan Tür

# Een gesprek
# met de vriend van binnen

Lyrische Verzen

# Content

Aan Dany

# Introductie

Met mijn versen wil ik de gedachten
delen die tot mij kwamen wanneer
ik onder de maaneschijn zeilde
met de sterren aan de hemel
en een fris windje in mijn gezicht.
Met bezoek van dolfijnen.

Daardoor bevat ik dat mijn vrijheid
zijn uiltime punt heeft bereikt.
Het gevoel dat over mij heen komt
met de versen en teksten,
‚Het spijt me mijn vriend', is het eerste
dat in mijn gedachten opkomt.

Azoren, Mei 2022

# Prologue

Agent vraagt de controleur van District 17:
„Wat doet die man daar op straat?"

De controleur antwoord:
„Nummer 832 heeft net ontslag genomen."

De agent voor de controleur:
„Dat is onmogelijk. Dat is niet toegestaan!"

De controleur reageert:
„Hij wilde niet langer wachten op zijn salaris na 12 jaar."

De agent voor de controleur:
„Dat heeft hij niet nodig sinds geld geen waarde meer
heeft."

De controleur vraagt:
„Wat zullen we met hem doen?"

De agent voor de controleur:
„Haal hem uit het systeem, laat hem met rust, vervang hem!"

De controleur antwoord:
„Zal ik doen!"

Agent voor de controleur:
„Laat ze harder werken zodat ze geen tijd hebben
om te denken."

# 1

Herken je het hokje, mijn vriend?
Het hokje dat niemand ziet,
alleen als je erin zit voel je het.
Je ziet alles,
maar je bergijpt niets.
Het gist gewoon in hem.

Herken je het hokje, mijn vriend?
Het dubieuze bestaan,
ontbrekend antwoorden.
Verborgen waarheid.
Rechten - misbruikt.
Een totalitair leven.

Herken je het hokje, mijn vriend?
De wereld van de vergeten mensen?
Van zonsopgang to zonsondergang,
zelfde routine dag in dag uit.
Nieuws als voer, eindeloos.
Systematische eentonigheid.

Herken je het hokje, mijn vriend?
Het simple comfortabel leventje.
Niets willen veranderen,
geen verantwoording af te hoeven leggen.
Gevangen om zeker te zijn,
net als een dier.

Herken je het hokje, mijn vriend?
Met zo'n dier.
Dat net droomt langer van vrijheid.
Verlangt niet narr ontsnappin.
Een gebroken dier.
Hebben we nog even?

# 2

We hebben geen water meer vriend.
Het wordt alsmaar schaarster.
Vervuilen de zee,
en maken landschappen kapot
er is ook iets mis met de lucht.

Nee mijn vriend,
we zijn lang niet wakker geworden met het zonlicht.
En ik kan de maan amper zien,
de hemel heeft geen sterren.
En zelfs Mars - onzichtbaar.


Waar zijn ze gebleven?
Zij die afstand hebben genomen van het menselijke.
Hebben alleen hun vuil achter gelaten,
met een dikke laag stof,
zal de tijd eideloos maken.

Het zal nooit terug komen,
het laatste wat er nog is.
We hebben onszelf moe gemaakt.
En nog steeds geen vrede gevonden.
Dan zal God ook geen bescherming meer bieden.

Maar wat kunnnen we doen, mijn vriend?
Als alles te laat lijkt.
Wanneer er geen ochtend is na de ondergang.
En het donker blijft,
kout, en niet meer warm wordt.

Maar boven alles wees niet triest, mijn vriend.
We zijn niet verloren.
Nee vriend we zijn niet verloren.
Zeker nu niet.
Laten we het terug neme - het leven.

Dat is wat de natuur wil!
Laten we samen komen, mijn vriend.
Op naar het land van het licht.
Laten we daar een bomen planten.
Onze boom.

Zie je die vogels vliegen?
Ze zijn op zoek naar een plekje om te landen.
Laten we ze volgen, mijn vriend.
Dit geeft ons hoop.
Wel zeker tot morgen.

Maar kan je mij vertellen, mijn vriend,
hoe heeft dit kunnen gebeuren?
Hoe heeft het zo ver kunnen komen,
zo ver als we nu zijn?
De natuur had het zeker niet zo gewild?

Ok mijn vriend, misschien is dit wel de natuurlijke weg?
Volg zijn wetten,
zonder rekening te houden voor goed en slecht.
Mensen met hun rationale vermogens,
een foutje van de natuur?

Wat denk je, mijn vriend,
zijn wij gewoon voer voor de machtigen?
Voedsel voor de meedogenlozen?
Zijn best humus voor bemesting van het land?
Alleen God zal het weten.

Ik heb dorst, mijn vriend.
Op zoek naar iets fris.
De aarde is rond,
zo zeiden de geleerden.
Dus verder, mijn vriend, verder en verder.

We kunnen het doen,
zonder enig twijfel, mujn vriend.
lles komt goed.
Hier neem van mijn laatste water
en vlieg op naar je avontuur, mijn lieve vriend.

# 3

Het spijt me mijn vriend,
maar ik kan je niet helpen.
Sorry, maar ik sta er zelf ook niet goed voor.
Jij zou dat moeten weten.
Dus help jezelf.
Je moet echt jezelf redden.
Echt, absolut -
en je kan het alleen.

Maar weet je mijn vriend,
je bent niet alleen,
Teminste niet nu.
Je hebt me ontmoet.
En je weet,
misschien zal er morgen iemand anders zijn,
die net als ons denkt.
Maar voelt dat het niet zo goed gaat om wat.
Voor reden dan ook.

En nu mijn vriend,
als ik erover nadenk,
zouden dingen nog slechter kunnen zijn.
En misschien worden ze wel beter.
Beter voor ons allen.
Dit zou kunnen gebeuren.
Soms moeten we gewoon geloven.
Wees positief.
En blijf dat altijd.

Ja echt, mijn vriend,
we zijn allemaal broers en zussen.
Zelfs als iedereen zijn eigen weg gaat,
we zijn allemaal met elkaar verbonden.
En zo moet het zijn.
En dat is ook alles wat er van ons overblijft.
Uiteindelijk zullen we zien,
dat we ons beter zullen voelen.
Zo zie ik het.

Zie je mijn vriend,
het is nu aan jou de keus.
Ben je er klaar voor?
Heb je de kracht?
Ziw jij je kans?
Misschien wel je laatste?
Mis het niet,
maak er het beste van,
doe het voor jezelf.


Dus mijn vriend,
misschien heb ik je toch uiteindelijk geholpen.
Dat zou goed zijn, laten we die gedachten behouden.
Dat is wat echt belangrijk is.
Vergeet het geld.
Mensenlijkheid is belangrijker.
Daarmee zijn we rijker,
dan de gene
die ons arm willen zien.

Zo mijn lieve vriend,
nu hoop ik
dat onze paden zullen kruisen,
waneer de dingen beter gaan.
Waneer dat ook mocht zij.
Ik kijk er nu
al naar uit.
En misschien dan zullen onze paden
nooit meer uitelkaar lopen.

# 4

Waar gaan we naartoe mijn vriend?
Op naar geluk?
Terug naar de menselijkheid,
naar een vredig leven,
in harmonie met de natuur,
paradijs op aarde?

Waar vinden we die weg?
Om een goed mens te zijn,
eerlijk en behulpzaam?
De duivel,
liegen en greeting?
Wat is ons voorbeeld?

Misschien een bloem?
Of het zoemen van bijen,
het gekwaak van de kikkers,
een grazend lam,
een cirkelende adelaar,
of de avond zon?

Zou dat ons anker zijn?
Kan je het voelen of zien, mijn vriend?
Wat geeft dat gevoel jou?
Wat zijn je vragen,
als je naar deze wereld kijkt,
duft je dan morgen ook te kijken?

Waar ben je bang voor, mijn vriend?
Wanneer je alles om je heen lief hebt,
dat alles wat je wilt beschermen,
waar je voor zou sterven om te redden.
Is er een angst om vereloren te zijn zonder beschreming?
Laat dan God's zwaard van jou zijn.

# 5



Wat denk je ervan, mijn vriend?
Hoe zouden we verder moeten,
wat zal er van ons komen,
wat staat er ons te wachten,
wat zullen we ervaren?
Tijd, wat gaat het ons brengen?

Wat bereidt ons voor,
het leven?
Kunnen we genieten,
of moeten we bang zijn?
Wie zijn onze vrienden,
en vijanden?

Hoe herkennen we hed,
het goed en het kwaad?
Waar zitten de verschillen?
En welke kracht zit daarachter?
Wat zijn hun beloften?
Hebben ze namen, gezichten?

# 6

Ben je tevreden, mijn vriend,
hoe je het land beplant?
De zaden ontkiemen, het vee geniet van de grassen?
Heb je familie thuis?
Je verwacht niet meer dan wat de dag je brengt,
en een goede nachtrust maakt je blij?
Dan mijn vriend, zoek niet verder.

Ben je tevreden, mijn vriend,
zoals jij je nu voelt?
Met wat je lichaam kan doen
en met een geest die nog begrijpt?
Gezondheid maakt je sterk
en uithoudings vermogen is een overwinning?
Dan mijn vriend, houd dit vast.

Ben je tevreden, mijn vriend,
met je liefde die je omringt?
Zoals je het geschapen heeft als kind?
Nu houd het jou gezelschap tijdens jou leven?
Je zal het nooit missen omdat je het herkend.
Als dit alles is wat het leven uitmaakt.
Dan mijn vriend, heeft het geluk jou gekozen.

Ben je tevreden, mijn vriend,
met hoe je de vrijheid ervaart?
En wat het jou geeft en toelaat?
Dat je kan zeggen wat je denkt?
Dat je vrij kunt bewegen?
Of is er iets anders aan de hand?
Dan mijn vriend, wees behoedzaam.

# 7

Wat zijn jou wensen, mijn vriend,
als je de keuze hebt?
Is het aantrekkings kracht, liefde, solidariteit
of macht, vermogen, ontsterfelijkheid?
Is het leven in de buitenwereld
of in de ketel van de metropolen?

Waar droom je van, mijn vriend,
wanneer de gedachten door je hoofd razen?
Is het van geluk voor ons allemaal
of fixatie of hebzucht?
Gaat het om geven en nemen
of plunderen en opslaan?

Wat denk je van God, mijn vriend,
als je naar jezelf kijkt?
Zie je de schepper van alle glorie?
En wreedheden als werken van de duivel?
Ben je er tevreden mee
of stel je vragen?

Wat maakt je bang voor de natuur, mijn vriend,
als je kijkt naar haar consistentie?
Is het een wreedheid om te overleven?
Als gevolg van de vitaliteit van het universum?
Waardoor God de natuur in ons belichaamt,
die noch goed noch slecht kent.

Wat betekent de waarheid voor jou, mijn vriend,
wanneer je moet beoordelen wat de moeite waard is om te geloven,
de duivel zien als een vijand van God,
in plaats van misschien zijn agent van het kwaad?
Is dat allemaal mogelijk verkeerd?
De duivel, zonder macht, is gewoon een greep van God?

# Song <sup>©</sup>

I'm sorry, my friend,
But I can't help you.
Sorry, but I'm badly off myself.
You should know that.
So help yourself.
You've really got to help yourself.
Really,
You can do it yourself.

But know, my friend,
You are not alone.
At least not now.
Now you have met me.
And who knows,
Maybe tomorrow there will be someone else,
That is like us.
Who feels, it's not going well for him.
Whatever the reason.

And now, my friend,
When I think about it,
Maybe things could be worse.
Maybe it will get better.
Better for all of us.
This can happen.
Sometimes we just have to believe.
Be positive.
Again and again.

Yes, really, my friend,
We are all brothers and sisters.
Even if everyone is going his own way,
We are all connected in some way.
It's how it should be.
And also the only way that remains for us.
And in the end we will see,
That we'll feel better about things.
That's how I see it.

See, my friend,
Now it's up to you.
Are you up for it?
Do you still have the strength?
Do you see your chance?
Maybe it's your last.
Don't miss it.
Make the best of things,
Do it for you.

Well, my friend,
Maybe I've helped you after all.
That would be good, that we stick together.
And, that's what really counts.
Forget about money.
What counts is humanity.
With that we are richer,
Than those
Who want to see us poor.

So, my dear friend,
Now I hope,
We'll meet again.
When things are looking better,
Wherever that may be.
I'm already looking
Forward to that moment.
Maybe then our paths
Will never part again.

www.ingramcontent.com/pod-product-compliance
Lightning Source LLC
Chambersburg PA
CBHW040931110726
48006CB00001B/149